Sådan er virkeligheden ikke

Morten Hjerl-Hansen

Sådan er virkeligheden ikke

Til Hanne og Else

ISBN 978-87-4301-174-3

Indledning

Denne pamflet tror jeg ikke finder sin udgiver. Jeg fik det underligt af at læse den. Men jeg kender mig selv godt nok til at vide at jeg ofte får det underligt. Vi psykiatribrugere kaster ting op i luften som kan tydes og sommetider bruges af mennesker uden sindslidelser, robuste mennesker. Jeg føler at tekstudvalget, hvis hensigt er at bidrage til at opbløde kynismen gennem 11 svar på 10 spørgsmål, som jeg finder interessante for netop vores tid, år 2019, stritter i for mange retninger og ofte forfalder til et uroligt talesprog. En dag finder jeg måske kræfterne til at kigge på pamfletten igen, men hvorfor oplyser jeg Dem om det? Vi har vigtigere ting at tage os til.

Det første emne er selvironi. Jeg tror at man enten skal eje selvironi eller påskønne selvironi for at være helt dansk. Mit svar har karakter af en analyse eller meditation over hvad selvironi kan være for en størrelse.

Det næste emne er hvad det vil sige at kunstnere ikke kan lide mennesker? Er kunstværket autonomt og løsrevet eller træder ophavskvinden igennem med sin kærlighed?

I tredje besvarelse analyserer jeg forholdet mellem primitive følelser og økonomi. Et indlysende og mørklagt forhold.

Fjerde besvarelse er delt i to og handler om familier og lukkethed på en naiv måde, som dog retfærdiggøres ved at det er børnenes synsvinkel der indtages.

Beslutningstagere indenfor politik er ofte langt fra virkeligheden. De ser ikke engang særlig tit hvad de laver. Er der plads til et Ministerium for Demokratihumor? Ja! Herom handler femte besvarelse.

Den sjette besvarelse er et forslag til en reform af den Lutherske Gudstjeneste hvor en sekulær del, med klare etiske regler, indføjes. Kan det lade sig gøre?

Syvende besvarelse handler om ordet guttermand. Hvorfor er det et nødlidende ord med risiko for at dø?

Hvad er fantasi? Hvad er horisont? Ottende besvarelse handler om definitioner på disse begreber som bruges i flæng.

Humaniora har nærmest har karakter af en pølsefabrik, men giv dog professorerne de omsorgsdage! Herom kan du læse i niende besvarelse.

Tiende besvarelse omhandler hvorvidt samtalelydfiler med gamle, glade og garvede psykiatribrugere kan blive en interessant vare. Mit svar er selvfølgelig: Ja!

Indhold

7. Hvad betød ordet guttermand
dengang man anvendte det?

8. Hvad er fantasi og hvad er horisont?

9. Hvad er omsorgsdage for
professorer?

10. Hvordan gør man samtalelydfiler
med gamle, glade og garvede
psykiatribrugere til en interessant vare?

1. Hvad er selvironi?

1. Essay om manglende selvironi

Jeg kan ikke grine af mig. Det ærgrer mig, men sådan er det. Jeg har mennesker blandt min nærmeste familie og venner som har denne gave. Jeg har andre gaver, sandt nok, men jeg spørger ind imellem hvordan jeg, i efterlignende beundring, kan opøve selvironi?, men det er vist for dumt. Ved at holde tand for tunge og grine når nogen gør kærligt grin med mig med en lille uskyldig vits. Nej! Det er alt for meget! Jeg giver op på forhånd, når jeg hører den milde klukken og ser de naturlige smilende øjne og lettere bestyrtelse hos dem som har selvironi. Jeg burde starte en klub for folk uden selvironi, men dem findes der vist allerede nogle stykker af. Jeg er hård imod ondskab. "Akkurat som Beethoven." Jeg er der med det samme når jeg bliver kaldt en bibelsk sanddruelighed. Ingen ting at stille op. At opretholde et mildt forhold til verden gennem ting jeg selv kan grine af og

som jeg, selvfølgelig, jeg er jo ret
selvhøjtidelig, hedder det vist, er en
kamp som jeg bruger meget energi på.
Der er sortsyn i det. Depression. Jeg tror
mange humorister er forkvaklede,
livsuduelige enegængere som forstår os
selv som ukuelige vittighoveder. Så kan
man sidde med den ulykkelige
selverkendelse som en plat erstatning
for den mildhedens latter, som man, jeg,
sådan eftertragter eller, realistisk, blot
savner inderligt. Men da skal man
erindre at selvkendskab, ligesom al
erkendelse, er stykkevis og samtidig
glæde sig over at det tjener særdeles
mange gode formål at evne at se og føle
mysteriet inden i som kun en god
gammeldags selvhøjtidelig kan, fordi vi
har sådan brug for det og søger det og
finder det. Jeg er bestemt også
selvhøjtidelig på min læsers vegne, men
føler mig mest selvhøjtideligt tryg når
folk efterligner mig, følger mig, for at
bruge et udtryk fra det sociale medie
Instagram. Men jeg går godt i spænd
med mennesker der ejer selvironi. Og

jeg er ikke kedelig. Du kan bare slå på tråden.

2. Hvad betyder udsagnet "han eller hun kan lide mennesker"?

2. Filosofisk undersøgelse: "At kunne lide mennesker"

Det er umuligt at forholde sig kritisk til Quentin Tarantino, i det at han ikke kan lide mennesker, så jeg vil nøjes med at forholde mig til, ikke det problematiske som kunstner i ikke at kunne lide mennesker, men hvad det *betyder* ikke at kunne lide mennesker. Opgaven er at *beskrive*.

Jeg oplever noget tilsvarende med Paul Auster. Han kan heller ikke lide mennesker.

Jeg kan godt lide mennesker.

Men hvad kan udsagnet "Kan ikke lide mennesker" betyde?

I min produktion af humoristiske medie-efterlignende kortprosastykker tager jeg ikke folk ved hånden, jeg vil hellere lave noget urovækkende hvor klichéer udstilles og sproget udstilles som tomt når det bruges af mennesker der bliver *fyldte af dem selv*.

Er det "raffineret" at kunne lide mennesker? Ja. Der er noget dér! Se på Bob Dylan. Han kan godt lide mennesker og det *viser sig* i hans raffinement. Men ordet raffinement *beskriver* ikke særlig meget. Det er vi enige om.

At kunne lide mennesker: Det er noget med at sige enormt lidt: "People tell me it's a sin, to know and feel to much within."

Nej. Jeg har ikke fat om det jeg gerne vil sige om at kunne lide mennesker. Til mit forsvar må jeg sige at det er en vanskelig opgave.

Jeg må stille mig tilfreds med bemærkninger og håbe at nogen kan se hvad jeg mener.

Men.

Det er klart at vi ikke kommer uden om begrebet *menneskesyn*. Det må og skal være afgørende i mit temmelig anstrengte, men *nye* forsøg på at *beskrive* hvad det vil sige at kunne lide mennesker.

Bemærkning: Det er vigtigt at mennesker der sidder i fængsel ikke alle opfattes som voldspsykopater. Mange gange er det *ofre* for psykopaters *spil* der overfylder fængslerne. Herfra skal lyde en almindelig opfordring til at blive besøgsven.

At kunne lide mennesker: At holde spørgsmålet om hvad et menneske er *åbent*.

At kunne lide mennesker: At *beskrive* irritationen ved menneskelig forskellighed. Bob Dylan: "Like a Rolling Stone", "Idiot Wind".

Nej. Jeg får jo intet sagt i dag. Hvor er det irriterende!

"Jeg kan ikke lide mennesker der 'kan lide' Quentin Tarantino og Paul Auster."

Der er noget *beskrivende* i ovenstående udsagn, men jeg *føler* ikke det er utvetydigt sandt.

Forsøger jeg at vejlede mennesker til at blive en *livsform* der ikke kan lide Quentin Tarantino og Paul Auster?

Ja. Det udsagn passer bedre på mig, på min *livsform*.

Er det arrogant at *vejlede mennesker til at blive en anden livsform*.

Nej det er da ej. Det er noget vi alle hele tiden gør.

Der er vigtig nuanceforskel mellem en *beskrivende vejledning* og en *arrogant vejledning*. En

nuanceforskel vi er tvungne til at
acceptere.

"Mennesker der ikke kan lide
mennesker er kolde."

Ja og hvad?

"Mennesker der ikke kan lide
mennesker er kolde fordi de ikke 'ved
bedre'."

Jo, men Quentin Tarantino og Paul
Auster har et publikum på flere 100
millioner.

Vælger man *at opretholde sig selv
som en kold livsform*, en *kold væren*
ved at se Quentin Tarantinos film eller
læse Paul Auster? Der er noget der tyder
på det, men skal det dermed *frarådes*
og, i givet fald, *hvordan*?

Vi bearbejder hinanden som livsformer
med filosofiske undersøgelser. Men der
er ingen anden *teknik* end at
beskrive.

At beskæftige sig direkte med et koldt menneske, en *kold livsform*, er det lykkeligvis "bare" et Sisyfos arbejde? Cirka, jo. Men vi har den *filosofiske undersøgelse* at "falde tilbage på".

"Intet er skjult". (Wittgenstein) Det er ikke *meningen* at jeg skal *komme sandheden nærmere* om hvad en kold livsform *går ud på*.

Sammenlign udsagnet "Jeg er for psykisk og åndeligt forpint til at have brug for kolde kunstnere" med "Du skøjter hen over tilværelsen hvis du lader dig forføre af kolde kunstnere."

I psykiatrien er negativ selvvurdering forbudt. Er det heri dens "varmefelt" blandt andet består?

Hvis jeg stiller mig op i Grand Teatret i Mikkel Brøggers Gade og siger "Jeg føler ikke Quentin Tarantino kan lide mennesker" vil folk spørge mig om hvad jeg mener. Jeg *mener ikke andet*

end denne filosofiske undersøgelse,
men jeg synes ikke den er *god*. En
beskrivelse er ikke *god* eller *dårlig*,
den *rydder op i sprogligt rod* eller
ævler ubehjælpsomt eller begge dele.

3. Hvis privatøkonomi handler om råderum og primitive følelser, hvorfor handler det så alligevel mest om primitive følelser?

3. Jeff Bezos og Følelsernes Parti

Tillad mig, som hihi partileder i Følelsernes Parti, at udfolde en principiel diskussion om Jeff Bezos, og denne verdens Jeff Bezossers, følelser. Jeg taler ikke om Jeff Bezos almindelige velbefindende, som jeg egentlig ikke hihi interesserer mig for, men om hvordan det føles at eje 100 milliarder dollars. Jeg taler heller ikke om, hvor ofte Jeff Bezos tænker over dette som isoleret følelse og hvordan han oplever og ikke oplever at forholde sig til denne følelse. Det jeg taler om, er hvorvidt følelsen adskiller sig væsentligt fra at eje fx 100 millioner dollars. Hvis det er tilfældet har vi i Følelsernes Parti virkelig en sag at gå i gang med. Så kan Jeff Bezos donere et klækkeligt beløb og bevare sin åbenbart så vigtige oprindelige følelse intakt.

Men hvem føler vi at han skal donere dem til? Vi vil i Følelsernes Parti gerne opnå at 500 kroner har cirka samme værdi for alle verdens borgere og pengene skal doneres til et neuralt netværk som er programmeret med dette for øje. For hvis man er fattig er 500 kroner forbundet med hede følelser.

Hvorfor er følelser så centrale for vores menneskesyn i Følelsernes Parti?

Det er de fordi vi mennesker bærer rundt på mange følelser og fordi vi egentlig har det bedst med de enkle følelser.

4. Hvordan kommer man praktisk de børn til hjælp der lever i hjem med begrænset omsorg og kan det suppleres med frivillighed?

4.1. Børnenåeren

(Telefonen ringer.)

Kristoffers far: -Ja, hallo.

-Hallo, mit er Frans Dynge Jeppesen. Jeg arbejder for kommunens nye afdeling for børnenåelse under socialforvaltningen. Du har læst vores brochure forstår jeg?

-Ja, det er sandt nok. Det er noget med en ny lov om at børn tre gange om året får tilbud om at tale med en voksen fra kommunen om sit liv, sin situation, sine drømme og sine rettigheder og sådan nogle ting.

-Ja, det er fuldstændig korrekt. Og der bor to børn på adressen, så vidt jeg kan læse her på min skærm.

-Kristoffer og Jane ja. De er 8 og 13.

-Ja, det er den yngste jeg skal tale med på et tidspunkt her efter 15. marts hvor han fylder 9 år.

-Ja, der har han fødselsdag.

-Han er født den 15. marts 1993?

-Det er han ja.

-Og Jane har talt med os to gange allerede kan jeg se. Synes du hun virker tilfreds?

-Ja, jeg tror hun hygger sig meget godt med Poul Gødemærke.

-Hun har Poul Gødemærke Henningsen?

-Ja, jeg tror hun synes han er meget hyggelig. Især anden gang. Første gang tror jeg ikke hun fik så meget ud af det.

Han er også et ganske rart og behageligt menneske.

-Bestemt. Hvis Kristoffer har tid vil jeg meget gerne ha' en snak med ham.

-Jamen det kan du tro. Nu skal jeg hente ham til dig.

-Tak.

-Farvel.

-Farvel.

(Pause.)

-Hej, det er Kristoffer.

-Goddag Kristoffer Larsen. Mit navn er Frans Dynge Jeppesen. Hvordan har du det?

-Godt. Hvordan har du det?

-Haha. Jo tak. Jeg har det fint.

-Jeg er ansat af kommunen til at være din konsulent. Vi hedder også børnenåere. Ved du hvad en konsulent er?

-Nej.

-Det er sådan en der arbejder for andre og bliver betalt for det. Du skal ikke betale mig. Det ordner kommunen. Kommunen er en del af samfundet, som voksne der arbejder betaler penge ind til. Så tager vi os af at folk har det godt, at der er bøger og bibliotekarer på bibliotekerne og at der er bøger og lærere på skolerne.

-Nå. Er det også jer der henter skrald?

-Ja. Skraldemændene får også deres penge fra statskassen. De gør noget for os allesammen og derfor betaler vi allesammen en del af vores løn for at arbejdet kan blive gjort.

-Også skraldemændene?

-Hvad mener du?

-Skal skraldemændene og dig også betale for at skraldet bliver hentet?

-Ja.

-Det er da åndssvagt. Så tjener skraldemændene da for lidt i forhold til folk som fx min far. Han arbejder hverken som skraldemand, bibliotekar eller som lærer.

-Nej, det er ikke alle som arbejder for staten på den måde.

-Hvorfor tjener alle ikke lige meget. Det ville da være helt vildt smart.

-Det har du ret i. Det ville være smart. Ovre i Rusland har de prøvet i næsten i 100 år at få det du siger til at fungere. Men det er ikke lykkedes endnu. Folk er faktisk blevet fattigere af det og alle derovre er blevet meget forvirrede.

-Hvorfor kan man ikke bare lave penge til alle? Kan man ikke lave penge, altså nogle ekstra penge og så dele ud af dem?

-Nej. Prøv at forestille dig hvad der ville ske hvis en mand skulle sælge sin bil og der om morgenen var kommet et brev til alle i hele landet med penge.

-Så ville alle pludselig være rige og så ville alle... Nårh nej. Så ville alle have råd til bilen. Og så ville alle have lyst til at købe bilen. Så ville manden nærmest miste bilen.

-Ja, lige netop. Så ville der være så mange penge at ingen havde brug for at arbejde.

-Nej, så ville priserne sgu da bare stige.

-Ja, netop. Nå Kristoffer. Du er dygtig kan jeg høre. Det er ganske imponerende, synes jeg, at en dreng i din alder kan forstå hvor vanskeligt et område økonomi er. Men jeg vil jo gerne høre lidt om hvad du går rundt og laver.

-Jeg går i fjerde klasse på Skejbygårdskolen.

-Og du har en søster der hedder Jane?

-Ja.

-Er du tilfreds med hende?

-Vi leger nogen gange sammen. Ikke så meget mere. Engang legede vi tit sammen med mine bamser.

-Hun er lidt ældre en dig?

-Ja, hun er 13.

-Jeg skal lige huske at sige at jeg optager vores samtale. Du vil sikkert synes det er sjovt at høre det her når du bliver ældre.

-Aha. Kunne du ikke have sagt det da vi startede?

-Jo, det har du fuldstændig ret i. Det skal vi også gøre. Jeg kan slette det hele igen hvis du synes. Båndet er noget du ejer.

-Nej hvor sjovt. Hvad er det for en slags bånd?

-Det er bare sådan et lille gråt et der sidder i en båndoptager her ved siden af mig.

-Må jeg så få det når vi er færdige om lidt eller skal det først være helt fyldt?

-Nej, du må først få det når du fylder 18 år. Så kan du gøre med det hvad du vil. Så skal du bedømme mig om jeg har været en god konsulent og om du har kunnet bruge mig til noget i løbet af din barndom. Så kan du give mig fra en til fem stjerner og kan komme med en udtalelse. Du kan også give mig noget der hedder børnemedaljen hvis du synes.

-Det vil jeg da gerne.

-Mange tak. Men det har du de næste ti år til at finde ud af. Så det er der ingen grund til at tænke over nu.

-Hvordan ser en medalje ud?

-Den er rund og lavet af sølv. Det er bare sådan en lille en, men den er meget smuk. Den hænger i et bånd med nogle bittesmå krystalperler oven over.

-Får jeg så også en medalje?

-Nej, du får en taske med nogle ting i som du kan bruge når du bliver voksen.

-Årh ja. Hvordan ser tasken ud?

-Det er en sort lille rygsæk af læder. Men det kan være at den ser anderledes ud om ti år. Der er jo lang tid til.

-Den har jeg set et billede af. Årh, den er helt vildt sej. Men hvorfor er der en lighter i?

-Så kan du tænde en cigaret hvis du kender nogen som ryger. Du kan også tænde et bål med den, hvis du godt kan lide at tage på campingtur. Du kan også bare have den som et minde.

-Men det er da ikke specielt sundt at ryge er det?

-Nej. Det har du ret i. Jeg ved ikke hvorfor den kom med. Vi har fået så mange ting til tasken af firmaer.

-På en måde synes jeg ikke den skal være med. Det kan jo være, at der er nogen der starter med at ryge når de får den.

-Det lyder fornuftigt. Det har du ret i. Det kan du tro jeg skal sige videre.

-Så kan I give dem der ryger en masse grøntsager i stedet for.

-Haha. Ja det var sgu en god ide.

-Men jeg vil gerne ha' den. Er det en benzinlighter?

-Nej, det er en almindelig Ronson-lighter. Min farfar havde en helt magen til. Det er en meget gammel model. En ganske dejlig lighter. Den ligger rigtig godt i hånden. Har sådan en dejlig lyd du ved.

-Jeg har en rigtig benzinlighter.

-Jaså. En Zippo?

-Nej, den er aflang og rund og så er der nærmest sådan et firkantet stykke hvor lighterstenene sidder.

-Den tror jeg ikke jeg kender. Din mor kører dig hen til mig om nogle uger. Så kan du tage den med hvis du har lyst til at vise mig den.

-Det kan jeg godt. Vi ses.

-Farvel Kristoffer.

-Farvel... Far, jeg lægger på nu.

-Det er fint, gør det bare.

(I børnenåerens konsultation)

-Hej Kristoffer. Du er Kristoffers mor? Jamen velkommen begge to. Vil I ha' en karamel?

-Ja tak.

-Ja tak.

-Kristoffer, det er så her jeg arbejder.

-Det er ligesom at være hos lægen.

-Hahahaha. Jeg er nu ikke læge. Du skal helt sikkert ikke have nogen indsprøjtninger her. Det er en dejlig dag idag, synes i ikke?

Kristoffers mor: -Jo pragtfuld. Solen skinner jo som om det er forår.

-Ja, foråret startede jo sådan set også for to uger siden. Kristoffer, du må gerne tænde båndoptageren derovre på bordet.

-Farvel mor.

-Nej, vi skal lige have din mor til at skrive her og så skal jeg lige give dig de her ting.

-Tak. Jamen så vil jeg lade jer to være lidt alene. Kristoffer, er det ok?

-Ja, gå du bare.

Kristoffers mor: -Farvel. Kan du give mor et kys?

-Ja. Farvel.

-Farvel.

(Moren forlader konsultationen.)

-Nå Kristoffer. Du kan sætte dig her i den blå lænestol.

-Hvor meget bånd har du?

-Der er en hel time. Har du taget lighteren med?

-Ja, den er her.

-Ja, det er en god en. Puha hvor den lugter af benzin. Ved din mor godt du har sådan en?

-Ja, det er hende der har givet mig den. Eller vi fandt den sammen ude foran en gammel gård. Hun sagde det var ok hvis jeg beholdt den. Jeg fandt også en lang rusten kæde og en maskine. Dem har jeg derhjemme.

-Du er glad for teknik?

-Ja, jeg elsker at skille tingene ad.

-Det gør du?

-Ja, jeg kan godt lide at se hvad der er inde i dem. Jeg samler dem altid igen. Men nogen gange er der så mange dele, at jeg ikke kan finde ud af at sætte dem sammen igen. Fx skilte jeg engang en gammeldags telefon ad. Den virkede selvom jeg brugte en anden transformator, jeg havde liggende i mit skab. Så lavede jeg en stødmaskine af telefonens transformator.

-En stødmaskine?

-Ja, man kan lave en stødmaskine af alle transformatorer. Man skal bare bruge et batteri og fire ledninger. Så skal man finde de rigtige poler og lave håndtag af fx to jernstænger. Man kan også bare vikle sølvpapir rundt om et dørhåndtag. Men det må ikke røre hinanden. Det er bare nogle små stød.

-Det må være pragtfuldt at kunne lave en stødmaskine og give folk stød.

-Ja ja. Men det er bare små stød. Det er helt vildt ubehageligt når man skal teste

om det virker. Så får man selv et stød.
Det er bare sådan... Av!

-Haha.

-Var du ikke ikke interesseret i sådan
noget da du var lille?

-Nej, men jeg lavede drager og flitsbuer.

-Det er sjovt du siger det. Jeg prøver
bare sådan at finde ud af hvordan man
laver en flitsbue der kan skyde langt.
Jeg har en flitsbue derhjemme som jeg
lavede sammen med min fætter. Den er
helt vildt sej, men den kan kun skyde en
12 meter. Jeg tror faktisk det er noget
med snoren. Den er for tyk. Men mest
for elastisk. Der er ikke nogen snor på i
øjeblikket.

-Men de er vist lidt farlige også, ikke?
Jeg kom engang til at skyde lige op i
luften med en bue jeg havde. Og sådan
nogle vildt seje pile jeg havde købt til.
Mine søskende stod lige ved siden af og
vi kunne bare ikke se den der pil. Den

røg lige lodret op i luften og så er den nærmest så lille, ikke? Når den ryger op. Og når den ryger ned. Man kan kun se hele pilen når den vender. Jeg råbte Hold jer over hovederne! og vi holdt os over hovederne mens vi løb i alle retninger. Min far stod oppe i vinduet og så det. Han blev gal.

-Årh ja!

-Ja, det var ikke så smart. Vil du have en kop the?

-Ja tak.

-Kristoffer, vi har nogle ting vi skal nå idag. Jeg har en liste her som vi skal igennem. Den er ikke så vigtig. Vi skal kun tale om de ting som er vigtige for dig.

-Ok. Bare læs.

-Hvad kunne du godt tænke dig at være når du bliver stor?

-Det ved jeg ikke.

-Tror du du skal i gymnasiet?

-Ja, helt klart. Jeg vil også gerne til udlandet og studere i et år på et gammelt universitet.

-Nå. Det lyder jo spændende. Har du været i England?

-Ja, to gange. Men den første var jeg så lille så jeg ikke kan huske det.

-Ok. Jeg skriver lige lidt ned, et øjeblik. Vil du gerne have børn?

-Ja, jeg vil gerne have tre børn.

-Hvem vil du gerne giftes med?`

-Det ved jeg ikke rigtig.

-Er der nogen i din klasse.

-Ja, jeg har allerede været gift med to i min klasse. Men jeg kan ikke li' dem mere.

-Nå, ok.

-Så skal jeg spørge dig: Har du forstand på voksne?

-Ja. Mest på dem jeg kender. Min far og mor for eksempel.

-Synes du voksne er mærkelige?

-Ja.

-Hvordan?

-Det ved jeg ikke.

-De er sådan lidt mærkelige i forhold til børn?

-Ja.

-Synes du de er mærkeligere end børn?

-Ja, helt klart. Men nogle børn er også mærkelige.

-Synes du de voksne bestemmer for meget?

-Nej. Sådan er det jo bare. Der skal jo være nogen til at lægge én i seng og sørge for morgenmaden.

-På den måde, ok.

-Men nogle voksne er bare sådan helt vildt underlige. De forstår slet ikke børn. Det er som om de har glemt hvordan det er at være barn. Men de har sgu da været børn engang. Det kan man sgu da sige sig selv. Jeg forstår ikke hvorfor de er så forvirrede.

-Er der nogen speciel du tænker på?

-Ja, en af min mors og fars venner. Han er ikke blevet gift. Min mor og far har også en anden ven der ikke er blevet gift. Hvorfor gifter de sig ikke bare med hinanden? Jeg ved godt det lyder dumt, men...

-Måske passer de ikke sammen.

-Men det gør mor og far sguda heller ikke. På en måde.

-Synes du ikke?

-Nej, de bruger alt for meget tid på deres arbejde og de har hele tiden al den energi.

-Ok. Nej, det er selvfølgelig ikke godt. Hvordan vil du selv være når du bliver far?

-Jeg vil være meget mere sådan rolig og afslappet. Jeg vil gøre en hel masse som min egen far ikke gør. Fiske, lege, især lege.

-Kan du godt lide at lege med din far?

-Ja. Engang legede vi supermand oppe i Norge.

-Det er sjovt du siger det. Vi har nemlig spurgt din far hvad han bedst kan lide at lege med dig. Han har skrevet supermand. Han har skrevet han savner at lege supermand med dig og gerne vil lege supermand en dag i sommerferien en hel dag.

-Hvorfor har han sagt det til dig?

-Fordi jeg spurgte ham.

-Skal du også lege med?

-Nej, jeg skal lege batmand med mit barn.

-Hvor gammel er han?

-Det er en pige, hun er kun seks år.

-Nå ok. Det bliver da sjovt hva'?

-Ja, jeg glæder mig også.

-Kristoffer, hvad er din yndligsfarve?

-Grøn.

-Grøn ja. Og hvad er dit yndligstal?

-Det ved jeg ikke. Min mors yndlingstal
er 8 og min fars er 3. må man gerne
have et yndligstal der er over 10?

-Ja, hvorfor ikke?

-Så er 13 mit yndlingstal.

-13. Det er et spændende tal. Vidste du
at det er et primtal?

-Ja, men det er også et uheldigt tal. 13
betyder uheld.

-Så er man modig hvis man vælger 13
som lykketal. Er du den modigste i din
klasse?

-Øhhh, ja. Det tror jeg nok jeg er.

-Tør du banke de store drenge.

-Nej, jeg går aldrig med i slåskampe. Jeg ved ikke hvorfor. Men jeg synes ikke det er sådan rigtig modigt at gå med i en slåskamp.

-Beskytter du så de små?

-Ja, nogen gange beskytter jeg dem der bliver drillet.

-Også dem der bliver mobbet?

-Nej, jeg beskytter ikke dem der bliver mobbet. Men jeg er den der mobber mindst i hele klassen.

-Det er virkelig fornuftigt af dig Kristoffer. Så bliver de virkelig glade for dig når de bliver voksne. Så vil de huske tilbage på dig som en flink fyr. Du er vist en flink fyr, er du ikke Kristoffer?

-Jo, helt sikkert. Jeg ved godt det lyder lidt åndssvagt, men når man ikke mobber er man da flinkere end når man mobber.

-Selvfølgelig. Tror du også voksne mobber?

-De mobber i hvert fald ikke børn. Ikke på samme måde som børn i hvert fald. Det kan godt være de mobber hinanden. Men det er nok på en helt anden måde end børn mobber. Jeg tror aldrig jeg har set det. Gør de?

-Ja, voksne kan også være dumme overfor hinanden.

-Men bare de passer ordentligt på deres børn er jeg ligeglad.

-Passer dine forældre godt på dig.

-Ja, selvfølgelig. Vi bor i et hus ved en sø, har en kat og hvert vores værelse.

-Har du tit nogen med hjemme og lege?

-Ja, eller også leger jeg ude hos dem.

-Hvad tid skal du være hjemme?

-Klokken 5.

-Synes du nogle af dine kammeraters forældre er mærkelige?

-Øhh, ja. Bliver det optaget?

-Kristoffer. Alt hvad du og jeg taler om bliver optaget. Men det er dit bånd. Det er dit ligesom dit legetøj derhjemme. Den eneste forskel er, at det bliver her hos mig indtil du er fyldt 18 år. Men du kan komme og høre det når du har lyst. Vi skal bare lave en aftale med dine forældre. Du kan komme 3 gange om året. Det bliver sjovt for dig at høre det om nogle år. Om nogle år vil du tænke og føle på en helt anden måde. Så vil det sikkert være sjovt for dig at høre dig selv som 8-årig. Tror du ikke?

-Jo. Kan man ikke filme mig også?

-Det må i gøre derhjemme. Vil du gerne filmes derhjemme?

-Vi har sådan et videokamera. Min far bruger det meget til fester. Det bliver sjovt at se os selv som børn om nogle år.

-Kristoffer. Kunne du godt tænke dig at have levet i det gamle Egypten?

-Øh, underligt spørgsmål. Det kunne jeg godt, ja.

-Hvilket noget tøj ville du så gerne have på?

-En hør hat og sådan en lang kjole som både mænd og damer gik med.

-Hvilken farve skulle den have?

-Kjolen?

-Ja.

-Sort og grå og rød.

-Hvad ville du helst være, ypperstepræst eller konge?

-Jeg tror gerne jeg ville være en blanding.

-Du skal vælge mellem konge og ypperstepræst.

-Hvorfor?

-Fordi jeg siger det.

-Mmmm. Konge tror jeg.

-Hvorfor?

-For så kunne man blive gift med en prinsesse.

-Prøv at forestille dig hvordan prinsessen ser ud. Ok?

-Ja.

-Er hun lyshåret eller mørkhåret?

-Mørkhåret.

-Er hun smuk eller grim?

-Smuk. Hun ligner sådan en fra en gammel film.

-Hvilket land har de smukkeste piger?

-I verden? Øhh, det ved jeg ikke rigtig. Det kunne være sådan et land som Thailand.

-Synes du de er smukke?

-Ja. Er det min mor der kommer?

-Ja Kristoffer. Så må du gerne slukke båndoptageren.

-Ok. Det var hyggeligt.

Kristoffers mor: Nå, hej. Er i færdige?

-Ja, vi er ved at være færdige.

-Hvad snakkede i om?

-Ja, hvad har vi snakket om Kristoffer?

-Om denneher lighter og om Egypten og en hel masse andet.

-Egypten.

-Ja, vi har snakket om Egypten. Og så tror jeg godt at Kristoffer har lyst til at lege supermand en dag i sommerferien. Kristoffers far har skrevet at det glæder han sig også til. Du skal have det her papir med hjem. Og hvis du lige vil skrive her.

-Ja.

-Farvel Kristoffer.

-Farvel.

-Hej hej.

-Hej og tak for denne gang.

-SLUT-

4.2. "Kære Far og Mor, jeg synes vi skal finde et eller andet supermandsfuckhoved for jeg får for lidt omsorg"

Kære 12-årige, jeg vil sige at hvis du får for lidt omsorg derhjemme så ved du det nu.

Hvis du får for lidt omsorg af din hurtige forældre eller af dine pressede forældre eller af dine begge dele hihi forældre så ved du det nu. Du ved bare ikke hvad du skal gøre. Men stop engang og *tænk*. Lad bare hjertet banke. Det er ok du føler en helt masse ved at læse dette her. Men *tænk*. Du har en kæmpe *viden* om din familiesituation og dit liv. Det er dit liv vi ikke skal glemme. Du trænger muligvis til mere omsorg. Så er du blot et af over 300.000 børn i Danmark. Jeg vil bryde tingene lidt ned. Eller: Jeg vil opfordre til at bryde tingene lidt ned. Jeg opfordrer også de voksne til at *tænke* anderledes. De voksne kan nemlig også tænke.

Du er cool med supermændfuckhoveder og superkvindefuckhoveder.

Det er min antagelse. Eller min *viden* om livet. Eller min *livserfaring* som voksent menneske. At du er cool med supermændsfuckhoveder og superkvindefuckhoveder. Supermændfuckhoveder og superkvindefuckhoveder er voksne med overskud, der er dybt irriterende men har en masse aura og ord, når de har det bedst. Og det er sjældent de har det bedst, kan jeg fortælle dig. Det er så nemt at give når man bliver betragtet som et supermandsfuckhoved eller superkvindefuckhoved. Min antagelse er den at du er cool med at disse supermændfuckhoveder og superkvindefuckhoveder ikke kan være der hele tiden. Men de kan være i din horisont. Ikke i din fantasi. Fantasi er et for stort ord. I din horisont.

Hvad er det jeg vil bryde ned? Det er din familie. Ikke fordi du gerne vil bryde den ned, men fordi jeg gerne vil bryde den ned. Ikke på grund af din mor og far men på grund af hvordan tingene er og på grund af hvad folk kan holde til og ikke kan holde til.

Voksne i vores tid er blevet asociale. Jeg har aldrig hørt en telefon ringe, når jeg har siddet i et politisk møde eller været hos frisøren, selvom jeg tit gør begge dele. Fri tale hedder sådan noget. Voksne i dag er alt for optaget af deres forkølede indbildte facebookgruppevenner til at de behøver at sende en sms til en gammel ven eller veninde de holder af. Det har konsekvenser. Det har som åbenlys konsekvens at dine forældre ofte er socialt understimulerede og tvære og hurtige. Det skal du da ikke lide under.

Men det gør du.

Du skal nok klare den. Men det bliver ikke det sidste du hører fra mig, min stolte 12-årige ven.

Vi skal lege en lille leg for at håne og spotte dem der tror de er supermandsfuckhoveder og superkvindefuckhoveder. Det er nemlig alt for sjældent de hører at det var de så bare ikke alligevel.

Supermandsfuckhoved eller superkvindefuckhoved kom an! Jeg tryller dig om til en case. Det er blidt af mig. En case er en anonymiseret artikel på min avis. Et interview. En mailkorrespondance.

Jeg vil vædde med at der ikke er én eneste der henvender sig i de næste to uger.

Hey, hvorfor skriver jeg ikke til dig, den 12-årige længere? Det gør jeg, men brevet handler også om de supermændsfuckhoveder og superkvindefuckhoveder. Jeg skrev også brevet til deres hjerter. Jeg manipulerede med dem.

5. Hvornår er verdens demokratier klar til Ministerier for Demokratihumor og hvilke udfordringer er sådanne ministerier løsningen på?

5. Ministeriet for Demokratihumor

Løsningen er at indføre et Humorministerium. Det mest morsomme ved en politiker er at han eller hun ikke *kan mærke hvad han eller hun gør*. Kunne en Støjberg *mærke hvad hun gjorde* da hun ville lave en ø for landsforviste? Kan ingen se det morsomme? Støjberg var *optaget af andre ting* og i sin fulde ret til som folkevalgt politiker at *arbejde for landsforvisningsøen*. Det er barokt. Vi skal have *kultiveret folkets følsomhed i forhold til alle de barokke ting der foregår i et demokrati* og det skal være Humorministeriets opgave. Det er bestemt ikke ideelt med et Humorministerium. Det ideelle demokrati ville være, hvis der var varme hænder nok, færre konsulenter, en psykiatri der anstændigvis var på finansloven osv. Det er heller ikke ideelt med magtens tredeling, men det var alligevel en god idé.

Hvis der ikke er et Humorministerium bliver 80 procent af politik i et demokrati føleri hvad enten man er til højre eller venstre. Jeg hader føleri. Føleri er naboens følelser. Ikke mine egne.

Et Humorministerium er et nødvendigt onde der svindler og spotter dets egen ramme: Demokratiet. Drillegaver til folket. Tonsvis af mørkets gerninger som er testet for at være morsomme.

Et præstedømme var så ikke en særlig god idé. Men en etisk stat er så heller ikke en særlig god idé. Den *pæne borger* der *lægger sig efter* den etiske stat er et åndeligt vrag fra middelklassen der stemmer som vinden blæser og bliver hånet af latterlige forkrampede intellektuelle.

Spin er kulminationen på det etiske demokratis udvikling siden den seneste verdenskrig. Vil du forbyde spin? Så er du dum. Vil du lave grin med spin? Så er du oppe imod en modstander der vil æde dig. Den har allerede ædt dig. Du er i hvalfiskens bug. Ring når du bliver spyttet op. Frokost. Bare os to.

Kompromisset mellem præstedømme og etisk stat med "pæne" borgere findes faktisk. Det er vores egen Søren Kierkegaard der skriver at humoren ligger mellem det etiske og det religiøse. Det må vi da prøve. Læg vel mærke til at ironi ligger lidt længere ned på skalaen, nemlig sådan cirka der hvor æstetikeren sidder og tænker at det hele egentlig er ligegyldigt.

Det næstmest barokke ved demokratiets essens, foruden at politikere er ansat af folket til andre ting end at mærke hvad de gør, har med kommunikation at gøre. Jeg hader kommunikation. Har du nogen sinde skrevet et kærestebrev? Godt, for det kan man ikke. Har du nogensinde stået og følt dig som et dyr i en hob af vilddyr til en politisk demonstration og følt dig latterlig, uden at grine det mindste?

Politisk kommunikation er at ligne med voldshandlinger. Folket kan ikke se ende på det. Vi er trætte af det. Vi er nødt til at alliere os med humoren. Humorministeriet skal *vise* og *gentage* at demokratiet er utilstrækkeligt. Humor betyder væske. Væske er noget med liv. Vores demokrati skal flyde mere. Et demokrati behøver ikke være så sårbart som Hal Koch og Alf Ross skrev i deres "fine" bog "Hvad er demokrati?".

Kan humor institutionaliseres? Jamen det har standupperne da vist.

Var Hitler Den Ondes inkarnation overfor en marginaliseret gruppe Adornoer og Stefan Zweig'er? Nej. Han var frugten af den *pæne* borgers kastevindevilje. Den "gode" etiske borger. En borgertype jeg ikke engang

gider at høre om eller beskæftige mig
med.

Case 1: Du har fået en kobbersvamp

Forestil dig at du fik et brev fra staten.
De findes faktisk. Du får dit nye
sygesikringsbevis fra staten. Du får dit
valgkort fra Danmark Incorporated.
Forestil dig at der i hjørnet af brevet var
en lille fortykning der afslørede at du nu
var den stolte ejer af en kobbersvamp.
At du fik et fuldkommen ustabilt brev
sammen med svampen:

Kære Johannes Lassen,

Tillykke med din nye bilnøgle.

Med venlig hilsen

Mette Frederiksen, Statsminister
og
Kim Rasmussen, Humorminister

Medierne verden over ville gå
kommunikationsamok. Politisk

kommunikation ville være ude og skide og rømmegrødshobitterne i Norge ville tabe skægget.

Lad mig nu forklare lidt om humor. Humor består mest af rutiner, eng. routines. Det ville enhver standupper give mig ret i. Det kan være grænseløst pinligt og pinagtigt at være vidne til. Læs "A horse walks into a bar", hvis du orker, for det er en ret dårlig bog, men den illustrerer det med pinligheden og pinagtigheden udmærket.

Langt de fleste humorister, mig selv inklusive, er "gamle klovner". Vi er alt alt for tilbøjelige til at opfatte humor som noget med genialitet og det skal vi holde inde med. Etabler det Humorministerium. Der skal lægges en stil, men personligheder er ikke så vigtigt. Vi humorister kan godt lide at opfatte sig os som helt specielle. Chaplin sagde: Personality is everything. Det passer på Brad Pitt. Det passer på Chaplin. Det passer på Robert Di Niro, det passer i den grad på

Groucho Marx og Woody Allen, men det passer altså ikke på sådan nogen som mig. Publikum går ind i fortryllelsen, når de sidder til en standup aften og tænker at ham standupperen er virkelig en fandens karl og han er helt sin egen. Det er bare ikke rigtigt.

Jeg siger ikke at sagsbehandlere skal lægge pruttepuder på stolen hos mølædte 50-årige som jeg, når vi kommer ind og beder om førtidspension. Så har du ikke set *hvor jeg vil hen*. Så har du noget tilfælles med mig, for jeg kan heller ikke se det. Men jeg håber du *skimter* et eller andet sammen med mig ved at læse med. Jeg håber at der *lægger sig et eller andet til rette* i din mave, så vi få den politiske satire institutionaliseret.

Realiteterne

Hvorfor har vi ikke gjort det for længe siden, hvis det er så god en idé med det Humorministerium?

1. Vi elsker fred og alvor. (Men på en lidt for hobbitagtig måde.)

2. Vi er lige nu globalt, realistisk betragtet, *landet på liberalismen*. Jeg elsker da også mange aspekter af liberalismen, selvom jeg stemmer Enhedslisten. Jeg kan da ikke holde tanken om fascisme, Gulag og hemmelige politier ud. Mange folk forstår ikke at liberalismen er udtryk for ganske fornuftigt og *sundt* fravalg.

6. Hvordan reformeres Gudstjenesten med en sekulær del, med udgangspunkt i en sorgmodel der fokuserer på glæde og trøst?

6. Og det blev regn - Om livet udenfor kirken

Det sker nogen gange, at det regner. Det er en lidt anden grundstemning end at sidde lunt og tørt i kirken. Regn er noget med dråber. For selv den bedste kristne kan det indebære at han eller hun bliver våd.

Selvfølgelig er en stemning bare en stemning. Det skal man ikke tage så alvorligt. Når man går ud af kirken kan man godt være standhaftig og glad nok alligevel. Alligevel minder regn os lidt om det den minder os om. Tårer. Tårer, der enten kan være varme eller kolde. Altid trøsterigt lovende, nogen gange forløsende, somme tider eftertænksomme men altid kropslige. Dampende. Omsluttende. Duftende

tårer. Smagfulde tårer. Måske står vi i
en granlund. Tænk på det!

Uanset hvordan vi end vender og drejer
det er stemningen i en ordentlig bløder
ret forskellig fra den i en kirke. Det er
ikke til at sige hvorfor det er sådan, men
sådan er det. Den teori peger på at vi må
identificere noget der kan forklare hvad
Gud mener med al den regn.

Det er svært at svare på. Og vi behøver
ikke at forklare det. Men vi må holde os
for øje at sorg er det mest komplekse i
livet. For når det regner, regner det i
hele universet og det er så spændende
og mystisk at vi oplever det på den
måde al den stund at det er noget værre
sludder.

Mærker vi en der står ved siden af os i
regnvejret, et menneske på to ben og en
eller anden formålsløs hat så oplever vi
en slags respekt. Det er ikke en
humanistisk besindelsesrespekt men en
respekt for en der bliver ligeså våd som
os selv. Det kan være vi beder til Gud. I

stilhed. Og derpå taler videre om stort og småt.

Kirken har sin form for sorg, trøst og opmuntring. Regnen har sin sorg, trøst og opmuntring. Men langt størstedelen af vores liv tilbringer vi ikke i kirken eller i regnen, men så mange andre steder. Der er altså tale om at der findes endnu flere former for for sorg, trøst og opmuntring.

Kirke og regn har det tilfælles at de er meget stemningsfulde. Befinder man sig imidlertid i den prækære situation at man sidder på et kontor med halvåben mund og i samme sekund møder blikket fra en fjern sekretær, skammer man sig kortvarigt. Når sekretæren er ude af syne taler man måske et par gloser engelsk med sig selv og vender derpå glad og fro tilbage til arbejdet. Det var lidt kikset, men så heller ikke mere end det.

Et kontorarbejde er en ret alvorlig ting, men så heller ikke mere end det. Det kan være ganske svært i frokostpausen at huske på at sorg er det mest komplekse i livet. Det kan være vi veksler et par ord med en kollega om lidt påmindelseskunst vi oplevede i weekenden. Med påmindelseskunst mener jeg kunst der minder os om at mennesket ikke er særlig godt og at vi både historisk, økologisk og medmenneskeligt har en del på samvittigheden. Men her skal vi tage os i agt for det kommer meget let til at betyde nøjagtig det samme som at mennesket ikke er elskeligt. Det er noget af det mest forkerte.

Mennesket er elskeligt fordi sorg er det mest komplekse i livet.

De fleste moderne mennesker vil nok være uenig i begge påstande såvel som det "fordi" der binder dem sammen. Men det er fordi vores forståelse af hvad det vil sige at være menneske har lidt et knæk. Den nære historie er to verdenskrige. Den nære fremtid er økologiske problemer. Men mennesket er stadigvæk et væsen for hvem det er sådan at sorgen er det mest komplekse i livet.

En kirke er ikke et vidunder. Regnen nok heller ikke. Vi er ikke fuldstændig dækket ind. Heller ikke af højloftede institutioner som regnen og kirken.

Den nye form for bekymring hedder besindelse. Den nye form for respekt hedder besindelse. Den nye form for nærvær hedder besindelse. Den nye form for medfølelse hedder besindelse. Hvad hvis det er al den besindelse der gør os stressede? Hvad hvis det ikke er det høje tempo eller vores ideologier eller vores værdier? Vi kan ikke holde til al den besindelse. Vi kan holde til stille bøn i en ensomhed der ikke er så slem. Vi kan holde til hinanden hvis vi indser at sorg er det mest komplekse i livet. Ellers er høflighed intet. Ellers er respekt intet.

Vi er kommet vidt omkring. Kirken. Regnen. Kontoret. Vi vil slutte af med kunsten. Kunst har kun berettigelse hvis jeg har ret i at sorg er det mest komplekse i livet. Og den har berettigelse, for jeg har ret. Hvad betyder kompleks i denne sammenhæng? Det komplekse er ikke det største, for kærligheden er det største. Det komplekse er ikke det vigtigste, for det glade, legende menneske er det vigtigste. Det komplekse er noget ret utilnærmeligt som vi engang imellem stykkevis erkender og får et begrænset overblik over eller indblik i. I øvrigt er det et kors vi må bære. Jeg ved ikke hvordan hulen vi har fået den idé at det er vores indre og ydre dæmonkamp der er vores kors i livet, når det er sorg. Ellers ville vi ikke kunne leve ubekymret et eneste minut, hvilket vi faktisk kan. Og kunsten kan hjælpe os med at få optikken på plads, den optik som forklarer noget vi i hvert fald godt kan forstå med vores intellekt, nemlig at sorg er det mest komplekse i livet.

Er det hele ikke lidt lettere at forstå når det regner?

7. Hvad betød ordet guttermand dengang man anvendte det?

7. Essay om ordet guttermand

Da jeg var 11 år gammel skete der noget helt vidunderligt. Jeg hørte en af mine bedsteforældres gode mandlige venner sige ordet guttermand. Dengang var ordet ved at dø, men jeg oplevede det altså i dets sidste stund. Manden jeg refererer til var vel født omkring 1910. Det er vildt! 1910 styrer! Jeg fik dette ord forærende til evig arv og eje og hellere end at forstå hvorfor ordet døde vil jeg derfor dele det ud til mine læsere fordi det er så uhyre vigtigt. Guttermandsordet understøttede og gav mening til så såre vigtige menneskelige begreber som civil ulydighed, stikkerdrab og møgfyr, men nu er det af uransalige årsager ikke længere iblandt os. Civil ulydighed, stikkerdrab og møgfyr, tænk engang, ja, man bliver helt let om hjertet ved at læse ordene der funkler som fyrtårne en tåget majnat på et stille hav, er døende i dag, i 2019, de er åbenbart blevet smittet af den dødelige sygdom der overgik guttermandsordet og jeg håber ikke de lider samme skæbne. Men vent. Hvordan er det med forfatterordet. Skal vi ikke i det mindste blive enige om at en forfatter gerne må være en guttermand. Der er ingen respekt omkring forfatterordet længere. Hvis vi genopliver ordet guttermand med en helt masse fremragende bøger vil vi stå stærkere som mennesker. Så eksisterer hele fem ord igen. Guttermand som soklen der bærer civil ulydighed, stikkerdrab, møgfyr og forfatter.

8. Hvad er fantasi og hvad er horisont?

8. Om forskellen mellem at have horisont og fantasi

Da vores horisont af mangfoldige årsager er blevet lidt misforstået vil jeg lige gennemgå hvad vi kan se og ikke se.

Vi tror vi kan se videnskabeligt og oplyst på hinanden. Det kan vi i hvert fald ikke. Hvis en elsket bedstemor har sagt hun tror på Gud, spøgelser eller det sjove ved at tude over H. V. Kaalunds fabler er vi prisgivne. Så lever vores horisont videre helt til voksenalderen. Så glæder vi os over at se helt ud til den og hele vejen rundt og vi opsøger horisonten i vores indre og ydre liv. Så bliver vi ikke så forskrækkede, når noget nyt dukker op derude på det blanke hav.

Alligevel har kun få voksne mennesker horisont. Vi opmuntrer hinanden til tunnelsyn. Til at stirre os blinde på de samme tåbelige fragmenter. Til at stivne i et sløret blik på det samme fragment igen og igen, dag efter dag. Hvem kan være tjent med det? Hvem kan favne livet uden horisont.

Tro, kære læser, på de kim der kan blive grundlaget for en levende og fuld horisont. Fantasi er noget ganske andet. Fantasi er noget alt for personligt, et alt for stort ord. Fantasi er noget radikalt, som vi ofte må moderere på egen hånd eller korrigeres for af andre, så vi passer ind i livet og opfører os ordentligt. Horisont er noget moderat, som skal leves og nydes. Vi kan stimulere hinandens, ikke mindst vores børns, horisont vældig meget, men det med fantasien finder de selv ud af.

Fantasi er

1. At hengive sig passivt til positive, menneskekærlige, ensomhedsbetingede, overbærende, fragmenterede og eventuelt forkerte forklaringer på

negative eller forenklede udtalelser, tendenser og personer.

2. At indtage meningsfulde, upopulære holdninger.

3. At øve sig, hvis der er noget i tilværelsen man virkelig vil som ligger lidt ud over det almene og almindelige.

4. At holde fast i sig selv, når nu realiteterne umuliggør den fra oldtiden så højt besungne last selvkendskab.

9. Hvad er omsorgsdage for professorer?

9. Humanioras krise skyldes humaniora selv

1) Universitetsspecialer ligger og rådner op i kældre.
2) Humaniora er blevet en pølsefabrik.
3) Unge der søger optag på et humanistisk studie er aggressive på en konstruktiv måde. De trænger så ubændigt til at komme i gang med at kritisere det livsverdensforandrede samfund der omgiver dem.

Disse udfordringer kan efter min mening imødekommes på følgende måder:

Løsning på 1) Drop den nuværende formel for opgaveskrivning: Indledning-Formål-Problemformulering-Diskussion-Konklusion-Efterskrift-Litteraturliste. Hvad er alternativet? Det er den stilistisk udfordrende afhandling.

Løsning på 2) Omsorgsdage for professorer. Den stilistisk udfordrende afhandling/opgave kræver *menneskelig omsorg*, *lidenskabeligt engagement* i de studerende som enkeltindivider fra professorens side. Gør det til en almindelig praksis at professoren inviterer de studerende på the inde på kontoret ved at *aflønne* professoren for sådanne uformelle sammenkomster. Studerende er ikke pølser der skal trykkes ud af en maskine. De er mennesker. Det burde humanister vide alt om.

Løsning på 3) Genindfør *lidenskab* som humanistisk dyd. De unge humanister er vredere end man almindeligvis tror, hvilket er sundt. De unge skal læse og fordybe sig i de tekster indenfor fagområdet de selv vil, indtil de *føler sig mætte*. De skal lære at *svine* lærebøger og have ros for det. En *sviner* af en lærebog skal belønnes og tælle som en eksamensopgave. De stærke studerende der evner at lave *den stilistisk

udfordrende afhandling* skal
samarbejde med svagere studerende og
hjælpe dem igennem studiet ligesom
mennesker hjælper hinanden i så mange
andre sammenhænge i det virkelige liv.

10. Hvordan gør man samtalelydfiler med gamle, glade og garvede psykiatribrugere til en interessant vare?

10. Ny vare: Samtalelydfiler med gamle, glade, garvede psykiatribrugere

Politikere fra det ekstreme højre er kolde. Det er ikke sådanne typer som initierer eller vedligeholder venskabelig, hyppig, bilateral kontakt på den modne og i virkeligheden smukt slidte måde som jeg personligt foretrækker og synes er så skøn og som jeg kender fra mine egne gode venskaber, hvor vi bruger ordene præcist, underfundigt, store og små ord. De er "friske" de her typer. Der er masser af hurtige ting de gerne lige vil sige.

Dialogkaffe? Nej tak. Jeg har stor respekt for Özlem Cekic og dialogkaffe, men jeg orker det ikke.

Min umiddelbare idé er at gode venskaber ind imellem bør gøres til en slags lydvare. Hvordan kan de overhovedet blive lydvarer? Venner kan da optage samtaler på bånd. Ja, det ville være mit bud. Jeg synes det kunne være den smukkeste vare, foruden kunstværker og litteratur, at gå på nettet og høre varme mennesker der kender hinanden super godt og elsker hinanden super meget tale. Altså ordmennesker. Interviews er forbudt. Og så skal de begge være bevidste om at de ikke selv er varer, men at nu er venskabet varen.

Jeg ved ikke om jeg selv vil afprøve ideen. Jeg kan bare så godt lide at høre kærlighed.